U0001124

你沒有想到
或者是一整頭牛
樹蔭動物一樣蔓延開來
雲朵與陽光寂靜一如植物
你沒有聽見遠方
傳來砍伐的聲響最初引導你
來到這座湖面震動的森林
一如你剛好讀到這一句

伐木者之心

成為伐木者的第一天
你帶著一本書
來到一座動物形狀的湖泊
選擇一塊植物氣味的石頭坐下
保溫瓶裡頭裝著牛奶
或者攙了牛奶的酒

水裡的靈魂就要出來
湖泊真的走動起來
石頭開花結果甚至往你的
體內延伸出鬚根藤蔓
你的身體沒有發現
一如你自己的心
嵌在比果核更果核的內裡
碎裂時自有苦味

水裡的靈魂就要出來

游善鈞

目次

一如倒入湖水裡的牛奶與酒
或者一整頭牛
水面浮起一如真有靈魂就要出來
一如伐木者禁不住閱讀
卻捨不得傷害一棵樹

II

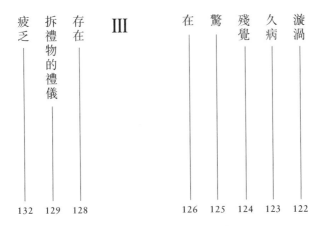

名家推薦

孫梓評

有些詩讀著，像電梯殘留上一個誰的好聞香氣，形影已杳，無可捉摸；有些詩讀了，像皮膚縫上沾衣不濕的雨線，拂去之際，發現是身體裡汩出的潮淚。這些因為失敗的事而成功的詩，大抵還像一面可怕的液體鏡子，鏡中人只有頸子：愛讓我們面目全非，卻又能藉由相似的痛苦，指認彼此（因瑕疵而獲贈形體）的靈魂。

楊佳嫻

首先被游善鈞的短詩吸引，幾行字潑灑狂想，有體積，有聲音，逼出情感與生活上的本質。然後注意到詩裡怎麼寫身體，怎麼寫收集柴火，怎麼寫窗子的渴望，意象的塑造穩當又清澈，讓無可捉摸的感觸得到可被感官認識的輪廓，成為水滴，一步一步響亮起來，彈奏般擊中讀者。

徐珮芬

在草原上停格的獵豹，靠近看才發現牠的斑紋由一尊又一尊俄羅斯娃娃組成。傷口裏包著愛，磚瓦中悶著水。這本詩集之於我，比半瓶烈酒還要更暴力、還要更魅惑。

王天寬

讀游善鈞的詩，有時候，以為那是純粹的白描、敘事——別忘了他首先以小說家的身分現身跟隨第一或第二人稱進入場景裡——大自然、小房間——一個不分段的轉折，發現已置身人物內在的案發現場，具體的事物變成有待解謎的意象；有時候，以為的「詩意象」——如房間裡的葡萄——卻真真切切，是事物本身，就是房間裡一粒粒多汁脆弱的葡萄，為了不踩碎它們，詩人踮起腳尖跳起了舞。我相信那支舞的必要。

陳義芝

這是一位聰明的詩人，既有編故事和結構長篇幅的能力，另一方面他也能寫靈光爆破的小詩，他的小詩非常慧黠，總能留下讓人去跨越、去想像之縫隙。

游善鈞《水裡的靈魂就要出來》

陳育虹

他是伐木者，獨處寂靜的森林；他是竹燈籠，等待著蠟燭；他是揮動的斧頭，像冷冷天光穿過閃電發出聲響；他存在著，像玻璃杯，有時「把透明的自己／摔在地上／想砸出一些髒來」。

詩，是詩人的自傳。以浮光掠影的暗示，游善鈞鋪陳出一個內心世界：孤獨、壓抑、脆弱，但其中不乏理性的辯證。

詩人寫自我，也寫情慾。關係中的「你」是「我最鍾愛的雕刻／每一道轉折／都埋藏一根秒針」，秒針滴答計時。他寫慾念：「我的眼睛爬出動物」；寫愛情：「你在我心中留下／一個指揮，沒有留下／任何一樣樂器」。終究是失去。「森林深處／就只有森林而已」，一切歸於寂靜。

游善鈞的創作想像跳脫卻不虛渺，視角變換自如，文字的節奏從容，落點準確，敘述演繹靈活而條理分明，是值得期待的詩人。

I

生不如死的事

你見過許多生不如死的事
譬如一頂美麗的帽子
帽簷很寬，適合繁衍一窩蚯蚓
「這樣不行。」你搖頭。你說。
空氣慢慢緊綳一隻鳥要鑽出銳角
包括從我眼底撈起的石頭
讓我告訴你一件生不如死的事

譬如一件默默承受地心引力的襯衫
領口向外敞開，適合再縫上兩顆釦子
「這樣不行。」我搖頭。我說。
譬如拼好一面鏡子
躲開所有裂痕
我想起我們，曾經說好，共同完成一件事
那些事卻蛇般鑽入遠遠的草裡
失敗了，失敗。
我將雙腳反折，晾掛肩膀

你知道我在努力製造全新的
生不如死的事
譬如有人深深愛我
譬如有人深深恨我
譬如我的存在造成另一端無情的消耗
「這樣不行。」
就要癢了起來
雙手向外支撐，肋骨百葉窗一樣層層翻開
這樣不行

這樣不行
這樣不行
這樣不行

鍛鍊

裸露在外
直截碰觸世界的部分
特別容易傷感
不是把耳朵揉成一只船
或者從內心擠出一根鋼釘
專注雕刻並且，將雕刻
當作唯一必要的事

這麼簡單
將每一天生活
標註記號和記憶一種味道同樣
明白日光不是透明的幽靈，或者
將感情燙成一件襯衫
一階一階反摺袖子
讓鈕釦一步步
靠近自己的身體
愈藏愈深

和埋住一個木匣同樣
用泥土阻擋太陽
讓那些銀色的孔雀
在意識築起的圍籬外徘徊
等待感官被時間鎔鑄
鑲上嶄新的臉
接受愛不是疲憊
或者一把漂亮的鐵錘

去向

我順著你的脖子
把你刨成一隻船

蜘蛛結網的夏日

分明自離開你，已經
度過了很長一段時間
將剩餘的理性以及智慧
也一併留在剔透的房間
必須，找到一個合適的色彩
說服自己春天已然過去
以及同樣，充滿光亮的角落

那裡應該有聲音還有
空氣緩慢的流動。
你所說的收藏的那些
碎屑，也都在房間
我看見一隻巨大的蜘蛛
試圖進入，從門縫
或者門把中央的鎖孔
而軀體是多麼璀璨
你的手悄悄化作，更多觸手

從四面八方折射而來
宛如太陽，自另一端緩慢爬近
並且撿拾所有顆粒
我知道自己不能必須如同拒絕自己那般拒絕你
你卻要求我，認不認得你
在緊貼著房間的走廊
你叩問。你一再叩問
我以為自己能走出來，從你離開
度過了很長一段時間，可那些

足供認得你的，那些，都篩落於輪廓之外
只有光線織出一幅蛛網
在剔透的房間裡
支撐住巨大的水珠。

千萬叢火焰

是不是很可能
切斷曠野的河流
盡頭是銳利的石礫

是不是很可能
布滿海面的花瓣
盡頭根本沒有結果

是不是很可能
阻隔天空的雲朵
盡頭是皸裂的雷電

是不是很可能
只流過一次眼淚
就從盡頭熊熊燃起
千萬叢充滿香氣的火焰

重心

我以為破壞自己
就能破壞心裡的平衡
以為創造另一個重心
就能讓一個重心的毀壞
像是喝完一杯白開水又重新添滿
產生搖晃與擺盪或者相關的狀態之前
我想起一個仍然切要的重心
你向我索討一個比水更乾淨的杯子

那情緒比口渴更讓人印象深刻
我該怎麼跟你說明
關於把一個杯子摔碎以後
又創造另一個更乾淨的杯子
其實比任何實話乾淨許多
像是你以為破壞自己
就能破壞一種色彩斑斕的花器
讓所有聚在一起的人
創造寂靜的重心

該死的已死的

從兩岸，
往湖心結成的冰
是灰色的
天空夾斷雲朵
彩虹的殘肢
往中心行走並試探
冰的厚薄

沿途魚的影子
穿過爪痕將片段
映成灰白
從那裡走出來
另一種質地
溶化的縫隙漲開
一叢一叢藻絲
覆蓋湖心的位置
那就是，

最難過的事
連同冰的厚薄
蹲在自己的臉孔上
只剩下記憶的地方

可惜

我們反覆從事
一件可惜的事

惶惑

日子還小
埋在土裡的卵
感受時間沉重踩過
植物成為親愛的人的骨頭
或者走錯方向
指認一個無法辨別
真偽的耳垂

終有一天
日子和世界一樣大
而晴空多添的那朵雲
將成為某個人
消失的證據
一如你的等待
心底的蟲一一孵出來

也是你剩餘
以及所有的想像

那些回不去的居所
成為大地的朋友
日子之補償
對於殘酷之吸引
源自鐘擺盪下的力道

心境

在自己心中
找到一個安靜的瓷器
每一次深呼吸
空氣變形的同時
也說服自己站立的軸心
仍有溫度靠攏
一如抹去的灰塵
在遙遠的地方產生
令人感到怯弱的靜電

房裡盡是葡萄

打開門時
發現房裡盡是葡萄
踮起腳尖，小心翼翼避開
成為舞蹈

沉默的雪人

融化必然
從外表開始
心於是必然堅強
扒下一層一層潔白的肌膚
相信骨頭必然存在
卻不必然是白色的

於是將那些
細心收集的柴火
磨成更銳利的白色
裝回體內
理應存在的地方
碰撞出正確的聲響

直到所有看不見的
融化從堅強的心發生

堅強的外表與，外表
在一場突如其來的大雨裡
碰觸並且震碎彼此心中
必然沉默的雪人
完成寂靜的融化與
必然的崩塌

工法

我有沒有聽見
世界誕生時的哭泣
觸摸破裂的羊水
一如蒸發之前
海面沉浮的物件
碰撞時
各自發出聲響

日光驚動群鳥從浪尖
脫胎
岸邊的花
將視野隔絕在外
一如睜眼之前
海面浮起的物件
穿過尚未鑽出羽毛的
肉身與肉身之間的縫隙
從此得知墜落時

必然起風
一如平息之前
海面沒有物件
岸邊的腳印愈走
愈愈安靜
以及礫石淩亂的排列
鳥的骨骸飛回海面
橘紅色的氣球壓縮在
骨骼與骨骼之間的縫隙

風震動我的指節
以及神經
我將自己和自己焊接
一如脫落之前
逐步響亮的水滴

不動

等待照片裡的人
移動我的眼睛

如果雨水站在我們這邊

世界朝我們這邊傾斜
如果雨水站在我們這邊
一朵一朵黑傘
支撐在遙遠的天際
彷彿盛裝經過一場葬禮
剪碎的月光化作煽情的蝴蝶
握在手裡成為利器

如果雨水站在我們這邊
會沖淡即將割斷手掌的血跡
沖走所有離家太久的人群
換上嶄新的衣服選擇
一個乾淨的地方團聚或許
我們將不再記憶該怎麼讓世界
朝這邊傾斜即使雨水
仍然站在我們這邊
弄濕衣服的人群終究

會和所有支流匯聚
在最低、最暗的地方
用最微小的支點
支撐一場慶典
如果雨水已經站在世界的中間
為什麼沒有在你們那邊

孤獨

從很久很久以前
你就知道空氣
不會結冰

你以如此模糊的姿態靠近

是不是得感激你
以如此模糊的姿態靠近
月光淺淺灑入
點點雨聲滴成輕盈小蹄
我閉上眼，等你
日子是皺起的玫瑰
你化為一隻孤單的獨角獸

馱起我的身軀
搖晃我的夢一同行進
是不是得感激你以
如此模糊的姿態
靠近，為每一個細微的顫簸命名
彷彿你的背和我的後頸生長青苔
難以站立
利角刺穿我的夢境
我們挨餓往前

聽見小草從蹄邊掙扎長出，當你
輕盈路經
是不是得感激
你以如此模糊的姿態靠近。

面容

我喜歡陽光
死在水面上的樣子
好像在鏡子裡
擦亮一張臉

容器

在兩座墓碑之間
我選擇你
一如陰影無法選擇
物體的銳利，與堅硬

顏色是最初的小徑
像一幅畫

山巒靜靜躺成一具身體
在景深深處，
凝聚出一隻眼睛

被包圍
衰頹的昆蟲紛紛
帶來比自己更微弱的消息
不斷分岔。再分岔的樹梢
一片雪的融化

花莖從手腕延伸
一滴緩慢墜離的水珠
想像是最後的引力
我覆蓋你，輕聲
形容是最廣泛的容器

渺小

雷聲讓世界
變得寒冷
而禽鳥振翅

絕望

鞋底磨平的鞋帶
拆了下來
太陽倒映眼白
慢慢變成月亮
冰棒融化
剩下的骨頭張開手
黑暗沒有黑暗的清爽

日子還是日子的模樣
一雙鞋濕透
出現透明的
新的刻痕
月亮慢慢變成
那隻握住的手
絕望之後
害怕還有什麼

愛情

你在我心中留下
一個指揮，沒有留下
任何一樣樂器

廣場

人來人往
你找到交集的重心
感到辭彙之匱乏
只能疲勞
攔住一個人
嘗試定義廣場的邊界
行走的人都比你忙一點點

不動的人又埋得比你深一點點
在徒勞中你感到樂趣
對於剛擁有的情緒
你更加珍惜

遠地方

在意起那樣
一個地方
離山巒不那樣遠
離海洋
不那樣遠
也不是草地
甚至連丘陵都

顯得遠了
路途的痕跡逐漸
淡去如沙灘
如荒漠
卻又離綠洲
離苔原一樣遠的
一個地方
掀起的
帷幕揚起

塵埃的裙襬
離所有地方一樣
遠的
一個地方
隱隱動靜
失手摔碎杯子
濺起豆大的
水珠剎那
蒸發在別的地方

聽見聲響的
那樣
一個地方
離所有地方
一樣那樣

蒼白

聲音太小
撐不住指頭
空氣太輕
思想一折就斷
我們太好
心地也太好
世界太大
光長不大

靜寂

習慣從晴朗開始
譬如從極強以至於漸弱
比起一首歌曲更接近
一個人占據一朵雲

隱隱震動的水晶

眼眶成一個氣泡
在名為一張臉的位置
玻璃易碎至於易碎
踏過的地方凹陷
難過突起，懸掛
在明日的旋風
日光硬挺

日子漸次單薄
鼻子嗅到另一個
鼻子，安靜的礦脈
衣服披掛在遠端
晾乾的同時
戳破潮濕的輪廓
照亮一整面
隱隱震動的水晶

III

火焰燃起的時候

火焰燃起的時候
我們在河岸兩側現身
想像的植物
躲入背後夜裡
空氣晃動隱約
有動物即將現形
你腳邊的草叢

被從我腋下穿過的風吹拂
你的肩膀
與植物產生共鳴
我的眼睛爬出動物
關於沒有火種
延長燃燒這一件事
我們之中
定有一人後悔
或者變成化石

遺憾

如果能準確測量
皸裂的盡頭

盡頭

在鏡子裡頭
掛起另一面鏡子
直到自己抵達很遠
很遠的地方

生活

慢慢把白晝過得長一些，
再慢慢把黑夜過得長一些。

淒涼的清晨

必然醒來
沿著昨晚的途徑
臉頰留下一段光澤
鬆開雙臂
懷念一顆果實
殘餘在肌膚上的
些微的冰涼

在指甲上
覆蓋另一層指甲
等待聲響滴落
等待我的憂鬱
剝奪所有的恐懼

森林深處

「目標本身，
不先於超越存在。」
你將木頭與木頭的碰撞
聽作複雜的問題
蘑菇悄悄滲出
更多斑點
葉片流血嘗試回應

關於生鏽的氣味你摘起
一朵飽滿的腳印
突起的雜草
羞愧而親近土地
以及不知該如何移動的
你觀察陽光的移動
分泌汗水
心地一如蠟質
光亮一如彈珠滑動

你聽見滴落卻遲遲沒有
碎裂的回音
一如蟒蛇吃吞鳥獸而昆蟲分食蟒蛇
你在最陰涼的樹蔭裡
懷著最溫熱的想像
所有沒有刻下記號前進的
就全都消失了
森林深處
就只有森林而已

春死

死在春天
是一件柔軟的事
像被藍色戳散的雲

死在春天
是一件輕盈的事
像被銳角撐起的衣襬

死在春天
是一件善良的事
像冬天也曾被誰靜靜掐住脖子

死在春天
是一件無情的事
像夏天到來的時候
像秋天到來的時候

夏哀

夏天啟示：
別淨做些殘酷的事
日光硬得像一把錘子
從頭頂落下
把人敲打聰明
散開的鐵釘
刺進眼底前都叫作流星雨

縫上衣服就跳起舞
完整的人聽到風鈴
你聽見蟬殼被踩裂的聲音
像那年夏天
落在鞋尖前的核桃
露出單邊眼睛
告訴你應該和誰道別
又該把誰掐碎

冬漫

日子就這樣
堆積成一座緩坡
雪從樹梢脫離
扎落地面
沿著氣溫的年輪
長出一個人
還有另一個人

追求

我終於抱住了自己的靈魂
可以把肉體還給我了嗎。

寂寞X

寂寞是嘗試
在鏡子裡
放進別人的樣子

痛覺

疼痛從你手腕
蔓延出一座山脈
被稱作峽谷的地帶
忘記時陰影哀傷
牢記時互相傷害

想像我的憂傷

你試圖想像我的憂傷
解釋並非廉價的悲憫或者
易於表述的題材
說法反覆演練
悲哀愈來愈容易感染
更適合人群觀望
你試圖想像我的憂傷

像一隻手牽起另一隻手一樣自然
堅稱我們可以一起勇敢
想像死去的思想
藉由某些人復活過來
挾帶烘焙香氣
心底膨脹並且溫暖
才明白原來
需要像一種飢餓
憂傷像最美味的釣餌

得以捕獲虛構的昂貴物種
讓其它情緒競標
甚至更加團結
像睡眠抵抗太陽
而聲音來自骨頭與骨頭碰撞
你試圖想像我的憂傷
想像一根頭髮之所以分岔
但我們從來不像

紫火

窗子透進紫光
他說那定是城市
被縱了一場紫色大火
那麼影子怎地
也跟著變成了紫色
那是火他說
純粹一場紫色大火

窗子忽然被打破
誰探進一根菸
問有沒有火

旋風

你的手穿過空氣時
我不曾和現在一樣害怕
害怕什麼呢，空氣
身邊的空氣問
幾乎要形成一陣旋風
從你的虎口劃過
你吹出口哨你說你太累了

和一陣尚未掀起的旋風結束
一樣這世界的事物如果
都和你一樣該有多好
我思索那會否真的是你
說出的話
簡短像一陣旋風
刮走所有事物
靜止後一切又被復原
像我們在這裡

你朝我伸出手而我害怕
遠方有一陣一陣突起的旋風
以及一部分曾屬於這個世界的意識
在天空的天空形成另一種空氣
另一種看不見的旋風

薄情

我們在情緒的死角
討論生活的方式
了解所有傾斜的角度裡
都有一個被擰成螺絲釘的人

隱忍

解剖聲音
抱出聲音的嬰孩
打磨一塊石頭
重新獲得健康
挖掘陷阱且布置
生命的新房
果實生長抵抗

世界原本的輪廓
滑落的陣風
挾來青苔的反光
舒張開來的褶皺
都有一座湖
撕裂雲朵
露出新的天空

蹤跡

雲層壓縮了
你的身影
連時間也跟著
學習切割自己的身體
街景無聲
眼神切換頻道
嘴裡的糖果

紛紛爆破
天空綴滿亮粉
五官圈繞大霧

蜜蜂的死亡

火焰在指甲裡
靜靜燃燒
一幀生動的相片
玻璃壺中舒展的花朵

你搔癢：水是融化的陽光
我們壓垮同一座蜂巢

從體內擠出針
讓彼此的毛髮穿過
上頭的孔洞

用一整個下午
縫起房間所有可能
溢出香氣的裂痕
指甲油悶死指甲只需要
一杯茶的時間

誰躲進妳的和服

那是海邊
太陽熟透敲響水面
如果近些
（或者遠些暗些）
一群烏鴉偽裝漂流木
並召集更多同夥
再多一點

就是盛大的篝火
海水瀕臨處
一雙草鞋沉默佇立
身上那襲過大的和服
大到彷彿有另一個人躲在裡頭
所有知情的烏鴉
皆不說話
隨著日光熄滅
（幸好慶典從未開始）

和服成為一塊巨大黑幕
從髮漩蓋了下來
誰知道什麼
時候真正結束

漩渦

就安靜
就兀自
鑽進地心

久病

把眼睛浸在水裡
像一場游泳
溫度介在石頭
和地面偶然的凹陷之間

感官如此無用
像最後放棄的眼睛

殘覺

河面支撐住
你的臉
小小的感覺沿著紋理
緩緩切進心裡

驚

有一條小小的隊伍從你的
心與肺之間的空隙延伸出來
宛如一行剛吃乾淨糖果的螞蟻
定在世界的目光裡突然
顯得那麼巨大

在

一樣從房間
開始四周冷牆
先是有窗
然後，有門
然後有一把鎖
斧頭穿不過鎖孔
想像另一側
斧頭或者拎走
空氣殘留的輪廓

III

存在

把透明的自己
摔在地上
想砸出一些髒來

拆禮物的禮儀

我想你已經抵達了
我們一直談論的地方
有弧度柔和的花紋，和一些
適合跳舞的圍牆
上頭裝飾著閃爍的
玻璃碎塊，摔毀的水晶雕塑
我醒過來

在我們一直沒有出發的地方
你已經抵達了
帶著一把從我枕頭底下
偷走的，巨大剪刀
和一些捲在自己身上
粗厚的緞帶
將某個我們都認識的人
裝入紙盒，
再仔細綑綁

等我們都忘記了
才回來表達情緒

疲乏

體內存在
一把巨大的輪子
每個人都在
上頭刻下自己的名字

探索

吞下的菸蒂
燒響骨骼
一如撞擊地表的石塊
純粹的火種

星球是巨大爬蟲
宇宙是黑色

且透明的，沒有人感應
光亮的深淺

小徑往肩窩延伸
築起一棟嬌小的房子
火光沿著夜色攀爬
雲端吐出一條灰色的鎖鍊

明亮的廢墟

日光令人感到絕望。
鐵鑄的籬笆，植物一般抽長
根部往地心鑿鑽
土表滲出鏽斑
莖葉交接處，關節似的
摺痕，光線緊繃
宛如肌肉鼓脹，擠生

更多關節，稍微
抬起腳，展開的枝葉
更加密集，陰影
如蝴蝶如蜜蜂，如蜘蛛叢聚
溫暖的柔軟的磚塊正成形
金屬如骨骼如臟器如血肉沸騰共鳴
一朵無機質色彩的花逐漸巨大忍耐迸裂邊框
我令自己盡量待在原地，儘管
日光令人感到絕望

鐵鑄的籬笆，爬蟲動物一般的疙瘩
冰涼的腹部貼伏
地面，原來還有其餘地方
堅硬的石瓦，
樹梢的果實日益飽滿
靠近核心的所在
瑣細潮濕的噪音，一切
皆令人感到疲憊如此疲憊的
是明亮的廢墟以及，
裡面晴朗的魂靈。

適應

生活裡
充滿透明的蝙蝠
提醒自己
做些立體的事

鏡影

我來自你的反面
用來對稱你的謊言

愧疚

在鍾愛的光束裡
發現豌豆，一滴水
從世界邊緣滑過
扎在情緒的薄冰
日子不敢靠近

擰乾的雙手
披在欄杆

微風吹動宛如
彈奏一架鋼琴
湖底的藻荇綠了幾吋

夕陽帶來新的皮膚
落後的路人
浮了起來
貼近抽短的反光
天氣膨脹了幾分鐘

霧起的時候

當我開始好奇
這扇窗子被木框分成
更小巧的窗子時
已經凝視其中一片
最慢起霧的窗
潔白的路面
遠遠看見我牽著你的手

那方式真溫柔
彷彿握住你的耳朵
霧突然更濃
眼前垂下窗帘
你的耳朵縮小了一些
我們愈走愈遠
似乎偷了什麼東西
影子太細太長
在路面刺入兩根灰黑色的
太銳利的針

盡頭只剩下一株高大的針葉木
戳破冰冷的霧
路跟著迷路
我推開窗
初現的日光
是一大片閃亮亮的針葉林
溫暖扎刺滿身
而自己始終在路上
想像霧起又霧散

施捨

現實是美麗的冰雕
滾落的水珠化作
親愛的家人
蒸發中了解什麼
而後迎接必然
感到盛大的雙手
將自己托高

將樹蔭也不要的部分
施捨給接下來的
情緒的必然

末梢

從尖端開出來的人
眺望世界的末梢
一條終將妥協的長路
進入大地的身體

脫離末梢的人
懷抱被風吹凹的皮肉

繃緊骨核往前滾動
追趕碰撞的聲音

後來的人
總看不見先走的人
在情緒的盡頭
撐住鬆動的忖度

反射

反射是殘酷的。

為難的午後

我們聊起
過於濃重的樹蔭
直到日光軟弱
連落葉也無法撕碎

餘溫

你死了。
我還可以活一輩子

鑲邊

牆上爬滿你的身影
一朵一朵
像腐敗的花
鑲銀邊的烏雲
一開門就要下雨

走廊曲折
是迷路的蛇
通往你身體的小徑
開出新的巢穴

將身體砸向牆
用碎裂的部分敲打
自己的雙腳
像為一座花園
除蟲施肥

偶爾澆水
假裝圍籬內外
有一樣的土壤和天氣
發光的腳印

花園

你捏了一匹馬
將他命名為「園丁」
從此你所見之處
皆為花園
滾動的汗水是露珠
流下的眼淚
是單單盛開一夜的花朵

你折斷，在園丁來得及修剪以前
你捏了一把剪刀
命名為「蝴蝶」
園丁受到驚嚇，
發出馬的叫聲
蝴蝶擦過你的嘴唇
沾上一滴泥沙
你說是「蜜」
漫天的蜜蜂簇擁過來

你既有露珠
又有花朵
園丁像一個園丁那樣
躲在牆角默默流淚
你想為即將發出的聲音命名
「捏了一片最寬廣的地方，
卻還來不及命名。」
從此你所見之處
皆為花園

揮動的斧頭

聽見一把斧頭
揮動的聲響
穿過所有鳥獸草木
敲碎一顆石頭
形狀很像某樣事物的
皸裂的聲線
那顆木質一般的心

觸摸時發出
銅鐵的沉重的呼吸
一根堅挺的幼芽
深入空氣以及土泥
都是疼痛的層次
躺在雲層之後的雲層
埋在土層之底的土層
狹窄的空氣進入
一條更陰暗的巷子

經過的車燈
帶走經過的光
蕈類的氣味和影子
昨日晾過的天光
一把透明的
冷冽的斧頭揮動
穿過所有閃電風雨
發出我的聲響

崇拜

沒有人發現我
總是一個人赤裸
剖開竹子並且
悄悄組合
直到那愈來愈神似
我的骨骼
再刮下一片片

蒼白的皮膚
黏糊出一盞好像
我的燈籠
空心等待
一根蠟燭或者
一根猶如蠟燭的指頭
當我發現燈籠
愈來愈來愈亮已經開始
崇拜赤裸

閃電落下的瞬間

那是我唯一能看見
你的時候那時候
樹葉和雲朵
共同抵抗天空
你的心裡有我
而我有薩克斯風
也許不該模仿

行走的節奏
被敲碎的鈴鐺
堆在肩窩和鎖骨
產生輕微的震動
我的喉結有話想說
鳥群從雲朵背上飛走
樹梢落下一顆果實
砸在地上成為大地
明日的早餐

關於即將落下的閃電
和視線逐漸收斂的世界
我可不可以再看見一次我
想起遠方的你

香皂耗竭以後

將一切製成香皂
沒有人赤裸
情緒的碎屑也無法
尖銳，無辜一如浴室
門扉掀動驚醒
困在相框裡
必然妥協的天鵝

頸骨突出吸引
鑲住雲朵的蟻群
巢穴塌陷，
揭露每個人
都知道的過程：
香皂消失氣味
成為決然的石塊

由衷

你是我
最鍾愛的雕刻
每一道轉折
都埋藏一根秒針

缺席

懷疑是木匠
你擁有一整排架子
擺放所有永不厭倦的書
如同你喜歡的倒果為因的故事
——即使微小，連瓢蟲也無法搬動
期待柴火燒出一張臉：

那張拽緊時間老去的表情
倒映的恐懼竟如此靠近幽靈
你虛偽，為此
總比不在場的年輕一些

但你知道
你知道的，我會
召喚我最忠心的屠夫
將所有得以行走的糧食
剖成一條條木頭

或許我並不感到意外
在長滿細小蕈菇的脈絡中
捧出一張很老很老的臉
在皺起的五官裡舉辦一場小小的聚會
我和你都有座位

溫柔

雲在移動
天空看起來很痛
我在移動

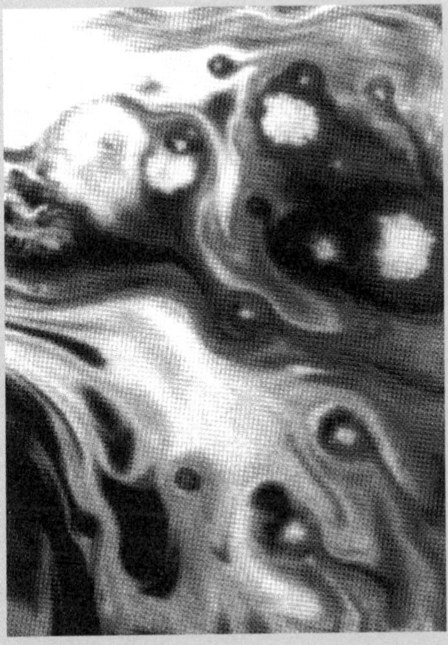

後記——返身入潛

復原。

隨著年紀增長，這個詞愈來愈常浮上心頭。

應該說些什麼。

想了想，又覺得除了詩，詩人無能暴露自己。

AKP0297

水裡的靈魂就要出來

作者——游善鈞
執行主編——羅珊珊
校對——游善鈞、羅珊珊
美術設計——吳佳璘
行銷企劃——王小樨

總編輯——胡金倫
董事長——趙政岷
出版者——時報文化出版企業股份有限公司
108019台北市和平西路3段240號4樓
發行專線—（02）2306-6842
讀者服務專線—0800-231-705・（02）2304-7103
讀者服務傳真—（02）2304-6858
郵撥—19344724時報文化出版公司
信箱—10899台北華江橋郵局第99信箱

時報悅讀網——http://www.readingtimes.com.tw
思潮線臉書——https://www.facebook.com/trendage/
時報出版愛讀者——http://www.facebook.com/readingtimes.fans
法律顧問——理律法律事務所｜陳長文律師、李念祖律師
印刷——勁達印刷有限公司
初版一刷——二〇二〇年三月二十七日
定價——新台幣三二〇元
（缺頁或破損的書，請寄回更換）

時報文化出版公司成立於一九七五年，
一九九九年股票上櫃公開發行，二〇〇八年脫離中時集團非屬旺中，
以「尊重智慧與創意的文化事業」為信念。

水裡的靈魂就要出來／游善鈞著；— 初版 — 臺北市：時報文化，2020.03
面；公分 —（；） ISBN 978-957-13-8120-6 （平裝）

863.51　　109002372